Le misanthrope

FichesdeLecture.com

Le misanthrope
(Fiche de lecture)

I. INTRODUCTION

L'auteur

Molière (né Jean-Baptiste Poquelin, 1622-1673) est un auteur de théâtre français du XVIIème siècle, surtout connu pour ses comédies. Issu de la riche bourgeoisie parisienne, il décide de se consacrer au théâtre à l'âge de 21 ans, fondant l'Illustre Théâtre avec Madeleine Béjart et son frère, Joseph Béjart. En 1658, il obtient la protection de Monsieur le frère du roi Louis XIV, avant d'être soutenu par le roi lui-même. Auteur de nombreuses comédies comme *Le médecin malgré lui* et l'*Avare*, ainsi que de pièces plus axées sur la critique sociale, comme *Tartuffe* ou *Les Femmes Savantes*, Molière reste l'auteur français le plus joué et le plus lu depuis le XVIIème siècle.

L'œuvre

Le Misanthrope met en scène Alceste, le misanthrope éponyme au franc-parler et au dédain redoutables, et Célimène son amante, dont les nombreux prétendants (Oronte, Clitandre, Acaste...) se croient tous le favori, par la maîtrise totale que Célimène a de l'hypocrisie et de la manipulation. Dans l'œuvre, Alceste découvre que Célimène, qu'il aime malgré les défauts qu'il lui trouve, l'a trompé depuis le début.

II. RÉSUMÉ DU ROMAN

Philinte demande à Alceste la cause de son irritation : Alceste lui répond qu'il désapprouve son attitude hypocrite, qui le pousse à complimenter des gens qu'il méprise dans leurs dos ; Philinte tente de lui expliquer que ses flatteries ne sont qu'une réponse à celles qu'on lui fait, mais Alceste insiste : complimenter tout le monde revient selon lui à ne complimenter personne, puisqu'il est impossible de savoir envers qui Philinte est sincère, et qui il flatte. Ils débattent sur le besoin d'être bien vu en société, qui selon Philinte empêche d'être toujours franc, mais Alceste est certain d'avoir raison quand il parle franchement à tout le monde, ne leur cachant pas leurs défauts et ne leur inventant pas des qualités, et que, même si sa misanthropie fait de lui un objet de ridicule dans le monde, il préfère ne pas être estimé par des gens qu'il méprise. Philinte suggère cependant une certaine hypocrisie chez Alceste, dont l'amour pour Célimène semble insensé puisqu'il hait ouvertement les défauts des autres ; Alceste lui répond que, s'il voit les défauts de Célimène, elle lui plaît tant qu'il ne peut pas ne pas l'aimer, ce qui renforce aussi son dédain pour ses rivaux, Oronte, Acaste et Clitandre. Philinte rappelle son propre intérêt pour Eliante qui, comme Arsinoé, semble éprise d'Alceste.

Oronte les interrompt, proclamant son estime pour Alceste, qui refuse son amitié en arguant qu'il vaut mieux bien se connaître avant d'être amis. Oronte lui demande de juger un de ses sonnets, ce qu'Alceste accepte à contrecœur, prévenant Oronte de sa franchise. Oronte déclame son sonnet, intitulé *l'Espoir*, et Philinte le flatte à chaque strophe, ce qu'Alceste lui reproche à voix basse. Alceste dit à Oronte ce qu'il pense de son sonnet, d'abord par des moyens détournés, avant de le lui dire brutalement. Oronte se défend, et Philinte finit par intervenir lorsqu'Alceste continue d'insister. Oronte s'en va, prétendant qu'il accepte le jugement d'Alceste sans rancune. Philinte indique à Alceste qu'il a visiblement vexé Oronte, et Alceste lui demande de le laisser seul.

Plus tard, chez Célimène, Alceste lui reproche son grand nombre de prétendants, lui disant qu'elle ne cherche pas assez à les repousser. Célimène lui répond que ce n'est pas sa faute si elle aimable, et qu'elle ne cultive l'affection de Clitandre que parce qu'il peut lui être utile. Alceste proclame sa jalousie, et Célimène lui dit qu'il n'a pas lieu d'être jaloux de qui que ce soit en particulier, puisqu'elle est aimable avec tout le monde. Basque, le valet de Célimène, annonce l'arrivée d'Acaste ; Alceste se plaint de la difficulté d'être seul avec Célimène, qui lui répond qu'elle doit conserver de bons rapports avec Acaste, qui est influent à la cour. Basque revient annonçant que Clitandre est là aussi ; Alceste veut partir, mais Célimène le retient.

Philinte, Eliante, Clitandre et Acaste arrivent. Ils mentionnent plusieurs personnes (Cléonte, Damon, Timante, Bélise, etc.), pour chacun desquels Célimène a un commentaire, les trouvant le plus souvent ennuyeux ; Clitandre et Acaste la flattent pour ses avis. Alceste reprocher les commentaires de Célimène aux autres, considérant qu'elles ne serait pas si hypocrite sans leurs flatteries, leur rappelant qu'ils n'ont pas cette franchise quand ils sont en face de ceux qu'ils critiquent. Philinte note qu'Alceste a pris la défense de ceux qu'on critique, alors qu'il les aurait lui-même critiqués, et Célimène suggère que c'est par esprit de contradiction. Alceste critique ouvertement Célimène pour ses défauts, suggérant qu'il l'aime tant qu'il n'a pas besoin de la flatter ; Eliante donne des exemples d'amants si aveuglés par l'amour qu'ils aiment jusqu'aux défauts de l'autre. Alceste annonce qu'il ne partira pas tant que les autres resteront.

Basque revient, annonçant qu'un homme veut voir Alceste pour affaire. Le garde de la maréchaussée entre, disant à Alceste que les Maréchaux veulent le voir immédiatement ; Philinte suggère que cela a un rapport avec le sonnet d'Oronte. Alceste accepte d'y aller, mais répète qu'il ne changera pas d'avis sur les vers, qu'il trouve mauvais.

Clitandre et Acaste discutent : Acaste se dit très satisfait de sa vie, mais Clitandre lui demande pourquoi il continue à venir « pousser des soupirs inutiles » chez Célimène, qu'il pense avoir lui-même déjà séduite, et Acaste lui répond qu'il pense avoir ses chances. Clitandre propose une sorte de duel : si l'un d'entre eux peut montrer une preuve certaine de l'affection de Célimène, l'autre devra accepter sa défaite. Célimène entre, leur demandant s'ils savent qui est arrivé en carrosse. Basque entre à son tour, annonçant l'arrivée d'Arsinoé ; Célimène commence à critiquer Arsinoé, qu'elle considère comme une fausse prude toujours attirée par les amants des autres, mais l'entrée d'Arsinoé interrompt la critique, Célimène l'accueillant chaleureusement ; Clitandre et Acaste sortent en riant de l'hypocrisie de Célimène.

Arsinoé proclame son amitié et son admiration pour Célimène, tout en rappelant comment Célimène est vue par certains membres de la cour, à cause de sa galanterie envers de nombreux prétendants ; Célimène répond en louant la vertu d'Arsinoé, tout en rapportant comment sa pruderie est vue à la cour, c'est-à-dire comme une façade. La conversation continue, les insultes devenant de moins en moins voilées, et Arsinoé y met fin ; Célimène la laisse en compagnie d'Alceste, qui arrive. Arsinoé note les mérites d'Alceste, lui révélant subtilement son affection, mais il répond qu'il n'a pas de mérites ; elle lui dit qu'il a été loué par des gens de renom, mais il répond que « l'on loue aujourd'hui tout le monde », et que sa franchise est son seul mérite, et ne l'aiderait en rien à la cour. Arsinoé lui dit que Célimène est indigne de lui, et qu'elle peut lui donner des preuves de son infidélité.

Philinte explique le différend entre Oronte et Alceste à Eliante, lui rapportant le discours qu'Alceste a fait pour se défendre ; l'affaire semble s'être réglée rapidement. Eliante admire la franchise d'Alceste, et Philinte se demande une nouvelle fois comment Alceste peut aimer Célimène, compte tenu de sa misanthropie ; il mentionne son propre amour pour Eliante, qui mentionne son intérêt pour Alceste.

Alceste arrive, désespéré : Célimène lui est infidèle. Il a dans sa poche une lettre adressée à Oronte, qui confirme ses soupçons. Philinte, craignant qu'Eliante ne saisisse l'occasion de confesser son admiration pour Alceste, tente de rationaliser le contenu de la lettre, mais Alceste le rabroue, et offre son cœur à Eliante, qui refuse ses avances, et suggère que Célimène est peut-être innocente.

Célimène arrive, et Alceste la confronte sur le contenu de la lettre : elle s'étonne de le voir en colère, et ne nie rien de la lettre, suggérant cependant qu'elle n'est peut-être pas pour Oronte, ou qu'elle pourrait être pour une femme, sans s'expliquer davantage. Elle accepte dédaigneusement les accusations d'Alceste. Il la supplie de lui donner une preuve de son innocence, mais elle s'indigne de son manque de confiance, et lui dit qu'il ne mérite pas son amour. Les plaintes d'Alceste sont interrompues par l'arrivée de Dubois, son valet, qui lui annonce qu'ils doivent partir : un des amis d'Alceste est venu le voir, et a laissé une lettre à Dubois, qui l'informe d'une possible arrestation ; Dubois a oublié la lettre chez Alceste, et ils s'y rendent tous deux, sur les conseils de Célimène.

Alceste annonce à Philinte qu'il va s'exiler loin de la société, à cause du déshonneur qu'Oronte lui fait : il a perdu son procès, et Oronte salit sa réputation. Philinte tente de le convaincre de rester, puisqu'il n'a pas été puni pour les actes qu'Oronte l'accuse d'avoir commis. Alceste ne change pas d'avis, et veut juste revoir Célimène avant de partir. Philinte va chercher Eliante.

Célimène arrive avec Oronte, qui cherche à savoir si elle l'aime, lui demandant comme preuve ultime de ne plus recevoir Alceste chez elle. Alceste intervient, demandant l'amour exclusif de Célimène. Oronte et Alceste demandent à Célimène de choisir entre eux, mais elle répond qu'il lui est difficile d'annoncer sa décision directement ; Oronte dit qu'il lui suffira d'un mot, et Alceste ajoute qu'il acceptera son silence comme un refus. Célimène décide de laisser Eliante, qui arrive avec Philinte, décider pour elle. Eliante refuse de juger à sa place ; Alceste et Oronte continuent de presser Célimène.

Arsinoé, Clitandre et Acaste arrivent : ils veulent régler une affaire qui concerne tout le monde. Acaste tient une lettre que Célimène a écrite à Clitandre, et Clitandre une lettre que Célimène a écrite à Acaste. Les lettres critiquent tous les amants de Célimène (y compris Acaste, Clitandre, Alceste et Oronte), qui assure aux destinataires qu'elle n'entretient de bonnes relations avec les autres que par intérêt. Après avoir exposé l'hypocrisie de Célimène, Acaste et Clitandre s'en vont pour répandre le bruit de ses mauvaises meurs.

Oronte est outragé par le contenu de la lettre, et part, laissant Célimène à Alceste. Arsinoé critique Célimène pour son attitude, mais Alceste lui demande de ne pas intervenir, ajoutant qu'il n'est pas en état de repayer sa gentillesse ; Arsinoé lui répond qu'elle n'est pas intéressée par lui, un « rebut de madame », et s'en va.

Célimène dit à Alceste qu'il est en droit de lui faire tous les reproches qu'il voudra, mais il lui répond que son amour l'empêche encore de la haït, et qu'il lui pardonnera si elle accepte de s'exiler avec lui, loin de la société. Elle refuse, suggérant un compromis en acceptant d'épouser Alceste, mais ce dernier refus convainc Alceste de la quitter. Il dit à Eliante qu'il se sent indigne d'elle, et ne lui demande rien ; Philinte, encouragé, offre son cœur à Eliante, et Alceste leur souhaite d'être heureux, toujours décidé à s'exiler. Philinte propose à Eliante de faire changer d'avis à Alceste.

III. PRÉSENTATION DES PERSONNAGES

–   Alceste

Le personnage principal de l'œuvre et le misanthrope éponyme. Sa franchise constante est la source de la plupart des conflits de l'intrigue, et son dégoût pour l'humanité (et en particulier la cour et ses mœurs hypocrites) le mènera finalement à vouloir s'exiler. Il refuse de reconnaître sa propre hypocrisie en ce qui concerne Célimène, qu'il aime malgré ses défauts, et ce même lorsque les mensonges de Célimène sont dévoilés au cinquième acte. Cette sincérité parfois brutale d'Alceste est à contraster avec l'hypocrisie permanente de Célimène.

- Philinte

Ami d'Alceste. Philinte représente la majorité de la cour selon Molière : sans mentir constamment, il n'hésite pas à flatter les autres pour servir ses intérêts ou simplement ne pas se brouiller avec eux. Il est amoureux d'Eliante, et Alceste est donc son rival, malgré son manque d'intérêt pour Eliante.

- Oronte

Un des rivaux d'Alceste. Tous comme les autres, il croit être le seul que Célimène apprécie vraiment, alors qu'elle le trouve particulièrement ennuyeux à cause de la pauvreté de ses vers et de sa prose. Au premier acte, il demande à Alceste de juger un de ses sonnets (qui est adressé à Célimène), et est vexé par sa franchise, qui commence une brouille qui dégénèrera dans les actes suivants. Oronte représente dans l'œuvre tous les « ennuyeux » de la cour, comme ceux que Clitandre, Acaste et Célimène mentionnent à l'acte II.

- Célimène

L'amante d'Alceste. Célimène est presque l'antithèse parfaite d'Alceste, en ce qu'elle est aussi hypocrite qu'il est franc. Célimène entretient de bonnes relations avec de nombreux prétendants, ainsi que beaucoup « d'ennuyeux » de la cour, pour assurer ses intérêts. Malgré sa multitude de prétendants, elle est réellement jalouse d'Arsinoé, qui est éprise d'Alceste. Elle n'abandonne ses manipulations que lorsqu'elle est enfin discréditée par Clitandre et Acaste.

- Eliante

Cousine de Célimène. Eliante est attirée par Alceste mais ne se permet pas de le lui révéler tant qu'il entretient encore des relations avec Célimène ; à ce titre, elle n'est pas considérée par Célimène comme une rivale. Elle est aussi l'objet de l'amour de Philinte, qui parvient enfin à la séduire à la fin de l'œuvre.

- Arsinoé

Rivale de Célimène. Elle est considérée comme une prude par la plupart des membres de la cour, et son attirance pour Alceste lui attire les foudres de Célimène, qui n'hésite pas à la dénigrer dans son dos. A la fin de l'œuvre, elle n'est plus attirée par Alceste, le trouvant trop présomptueux.

- Acaste

Un marquis. Acaste est un des nombreux prétendants de Célimène, et la flatte pendant une bonne partie de l'œuvre ; conscient de sa rivalité avec Clitandre, il accepte son défi, sûr de pouvoir obtenir une preuve de l'amour que Célimène lui porte. C'est lui qui, avec Clitandre et Arsinoé, révèle les manipulations et l'hypocrisie de Célimène.

- Clitandre

Un marquis. Clitandre est un autre prétendant de Célimène, qui agit de la même façon qu'Acaste vis-à-vis de Célimène, la flattant et mentionnant des « ennuyeux » simplement pour qu'elle les critique. C'est lui qui propose à Acaste de régler leur différend, en obtenant de Célimène une preuve d'affection. Il discrédite Célimène à la fin de l'œuvre, avec l'aide d'Acaste.

- Basque

Un valet de Célimène. C'est lui qui introduit les personnages chaque fois qu'ils rendent visite à sa maîtresse.

- Un garde de la Maréchaussée

Un militaire, qui vient chercher Alceste chez Célimène, pour qu'il puisse régler l'affaire qui l'oppose à Oronte au sujet de ses vers.

- Dubois

Le valet d'Alceste. Il vient prévenir son maître des actions d'Oronte, qui salit sa réputation.

IV. AXES DE LECTURE

– Le rôle central de Célimène

Si Alceste est bien le personnage principal de l'œuvre, le misanthrope du titre, il faut cependant reconnaître l'importance du personnage de Célimène, et notamment la façon dont elle lie presque tous les autres personnages entre eux, qu'ils soient ses prétendants (Acaste, Clitandre, Oronte, Alceste), sa cousine (Eliante), ou sa rivale (Arsinoé). L'intrigue est ainsi centrée autour de Célimène, puisqu'elle encourage la rivalité entre Alceste et Oronte sans ménager la misanthropie d'Alceste, et trompe tous ses prétendants. En outre, Célimène représente une sorte de degré suprême de l'hypocrisie, qui, particulièrement lorsqu'on le compare à la franchise d'Alceste, révèle les intentions de Molière dans l'œuvre.

Les personnages du *Misanthrope* pourraient simplement avoir des liens par leur statut social, puisqu'ils sont tous des habitués de la cour, mais leur relation directe ou indirecte avec Célimène tend à renforcer ces liens. Ainsi, Alceste, Oreste, Clitandre et Acaste sont tous des amants de Célimène, et donc sont chacun le rival de tous les autres ; Eliante est la cousine de Célimène, et montre de l'intérêt pour Alceste ; Arsinoé est une prétendante d'Alceste, et donc une rivale de Célimène ; Philinte est un ami d'Alceste et un prétendant d'Eliante, et donc indirectement lié à Célimène ; même Basque est lié aux autres par le biais de Célimène, puisqu'il est son valet. Seuls le garde de la Maréchaussée et Dubois sont vraiment éloignés du groupe formé autour de Célimène.

L'intrigue est fortement influencée, soit par les actions de Célimène, soit par sa simple présence dans l'œuvre : en effet, en entretenant des relations avec plusieurs amants, Célimène exacerbe les tensions qui pourraient exister entre Alceste et Oronte, d'où la critique virulente qu'Alceste fait du sonnet d'Oronte, qui est adressé à « Philis »[1], c'est-à-dire Célimène. C'est aussi cette rivalité qui mène à un procès entre Oronte et Alceste, à la ruine de la réputation d'Alceste, et à sa décision de partir en exil. Enfin, le propre discrédit de Célimène est entièrement dû à son hypocrisie, puisque c'est grâce à ses « preuves d'amour » que Clitandre et Acaste parviennent à exposer son immoralité, résolvant par là la rivalité entre Oronte et Alceste.

---

[1]Prénom typique de la femme aimée dans la poésie galante et pastorale.

Symboliquement, l'hypocrisie de Célimène est en parfait contraste avec la franchise d'Alceste : chacun des deux est, dans son attitude, constant et sans remords, Alceste parce qu'il considère qu'il a raison d'être franc, et Célimène parce qu'elle protège ses intérêts, comme tous les personnages flatteurs ont tendance à faire. Cette opposition se ressent dans tous leurs échanges, Célimène reprochant à Alceste de ne pas la flatter assez, et Alceste reprochant à Célimène de flatter tout le monde.

Célimène a donc un rôle très important dans l'œuvre, autant au niveau symbolique qu'au niveau de l'intrigue, puisque son opposition presque totale à Alceste, en tant que personnage, provoque les rivalités entre tous ses amants, menant même à sa propre chute.

– Clitandre et Acaste

Clitandre et Acaste représentent, dans l'œuvre, les membres de la cour et de la haute société de l'époque : ils sont flatteurs, hypocrites, et parviennent par conséquent à être amis et rivaux à la fois. Les similarités entre les deux personnages, de leur statut social à leur relation avec Célimène, les rendent particulièrement intéressants suggèrent que Molière cherche à représenter un dialogue, non entre deux opinions opposées, mais entre deux personnages qui sont, symboliquement, la même personne, une similarité qui aura aussi une importance capitale dans la résolution de l'intrigue.

Clitandre et Acaste sont tous les deux des marquis, prétendants de Célimène, et rivaux d'Alceste. Ils partagent aussi la même attitude envers les autres personnages : ils flattent Célimène (riant ensemble de son hypocrisie), se moquent de la misanthropie d'Alceste, et entretiennent des relations cordiales avec tous les autres, tout en rapportant l'ennui que leur a causé un grand nombre de personnages mentionnés au début de l'acte II. Clitandre et Acaste fonctionnent donc dès leur première apparition comme une sorte de duo, chacun rebondissant sur les répliques de l'autre, mais c'est un duo particulier, puisqu'il ne repose pas sur l'opposition symbolique de ses deux membres, mais sur une ressemblance quasi-totale.

C'est cette ressemblance entre les deux personnages qui les rend particulièrement intéressants : il ne semble pas, au premier abord, y avoir un besoin dramatique pour que deux personnages aussi semblables existent dans une même pièce ; cependant, leur présence a une fonction bien précise. Ainsi, leur appartenance si marquée à la haute société renforce le contraste entre Alceste et les autres prétendants, tout en rappelant l'hypocrisie de Célimène, qui fréquente la société des flatteurs et des menteurs tout en prétendant préférer la franchise d'Alceste.

Enfin, leur similarité permet, à partir de leur échange au début du troisième acte jusqu'à la fin de l'œuvre, de préparer la résolution de l'intrigue : décidant d'un commun accord que leur rivalité doit cesser, ils décident d'obtenir chacun une preuve de l'amour de Célimène ; plus tard, dans une scène qui n'est que suggérée dans l'œuvre, ils échangent les lettres qu'ils ont reçues, et qui affirment à chaque destinataire que Célimène ne souffre la compagnie des autres prétendants que pour servir ses intérêts. Clitandre et Acaste, à l'aide de ces lettres, parviennent à exposer l'hypocrisie de Célimène à ses autres prétendants, Oronte et Alceste, mettant fin au conflit qui les oppose, ainsi qu'à leur propre rivalité.

Ainsi, le rôle de Clitandre et Acaste en tant que duo est assez complexe : ils représentent la majorité hypocrite qu'Alceste méprise, le grand nombre de prétendants que Célimène semble avoir, et leurs ressemblances, tout en exacerbant l'idée d'une hypocrisie répandue, est aussi la cause du discrédit de Célimène auprès d'Oronte et, par extension, du reste de la société.

– Alceste : misanthropie et hypocrisie

Dans le *Misanthrope*, Alceste agit principalement selon son dédain pour les autres et la société, en restant aussi franc que possible en toutes circonstances, quitte à vexer son interlocuteur ; par extension, il a aussi tendance à reprocher leurs flatteries aux autres, en particulier Philinte et Célimène. Cependant, malgré ce franc-parler (qui se révèlera relativement dangereux pour sa réputation), Alceste ignore plusieurs fois les défauts de Célimène, parce qu'il se laisse aveugler par son amour pour elle. Il y a donc une certaine hypocrisie chez Alceste qui, tout en étant franc avec les autres, se ment à lui-même.

Le trait le plus déterminant d'Alceste est sa misanthropie, qui se traduit par une franchise parfois brutale. Dès la première scène de l'œuvre, il reproche ses flatteries incessantes à Philinte, qui lui explique qu'il ne flatte pas par plaisir, mais simplement pour assurer ses intérêts ; sa première conversation avec Célimène porte sur le même sujet, et est suivi par une grande conversation pendant laquelle Célimène, Clitandre et Acaste critiquent plusieurs « ennuyeux », et Alceste leur reproche une nouvelle fois leur hypocrisie, notant qu'ils n'hésitent jamais à flatter ces « ennuyeux » lorsqu'ils les croisent, et que même les critiques que font Clitandre et Acaste n'ont pour but que de se rapprocher de Célimène.

Malgré cette défense quasi-constante de la franchise, Alceste est lui-même coupable d'une certaine hypocrisie, puisque, même conscient des défauts de Célimène (comme le lui fait remarquer Philinte au premier acte), et les lui reprochant même plusieurs fois, il ne peut pas s'empêcher de l'aimer, prétendant même que sa duplicité est due aux flatteries de Clitandre et Acaste, qui encourageraient l'hypocrisie de Célimène. De plus, les manipulations de Célimène, révélées par les deux marquis, ne suffisent pas à repousser Alceste, qui l'aime toujours malgré lui, et accepte de lui pardonner si elle accepte de s'exiler avec lui ; ce n'est que quand elle refuse, proposant plutôt de l'épouser, qu'Alceste décide de se séparer de Célimène. Ainsi, malgré sa prédilection pour la franchise quand il s'agit de juger les autres, Alceste passe une grande partie de l'œuvre à ignorer ses principes par amour pour Célimène.

La misanthropie d'Alceste, bien qu'elle définisse son personnage, est donc à contraster avec sa capacité à se mentir à lui-même, ignorant les défauts de Célimène en prétendant la juger, et refusant toujours de juger l'hypocrisie des autres de façon vraiment objective, rendant son opinion tout à fait illégitime.

–   Le sonnet d'Oronte et la réponse d'Alceste

Un des échange les plus significatifs du *Misanthrope* a lieu à la fin du premier acte, lorsqu'Oronte demande à Alceste de juger son sonnet. Après un certain délai, pendant lequel Oronte prépare Alceste pour s'assurer de sa clémence, il déclame, entraînant commentaires de Philinte et Alceste, avant la critique franche et brutale que fait Alceste de son style. A ce titre, cette scène représentent parfaitement les différentes attitudes des personnages de l'œuvre.

Dès son arrivée, Oronte flatte Alceste, qui réagit avec incrédulité, et tente même de l'interrompre à plusieurs reprises (« Monsieur... »), avant de rejeter l'amitié que lui propose Oronte, prétextant qu'ils ne se connaissent pas suffisamment pour s'estimer. Après ces louanges de circonstance, Oronte demande à Alceste de juger son sonnet, et il s'en suit un échange particulièrement intéressant, puisqu'Alceste le prévient d'abord de sa franchise, pour ne pas avoir être grossier envers Oronte ; ce dernier parvient à le convaincre, mais commence alors à différer sa récitation, indiquant que le style ne plaira peut-être pas à Alceste, qu'il ne s'agit pas de « grands vers », et qu'il ne l'a composé qu'en un quart d'heure.

Après ces multiples interruptions, Oronte commence enfin sa déclamation. A chaque strophe, Philinte le flatte (« Ah ! Qu'en termes galants ces choses-là sont mises ! »), Alceste le critiquant à voix basse pour son hypocrisie (« Hé quoi ! Vil complaisant, vous louez des sottises ? »). Après la récitation, et encouragé par les flatteries de Philinte, Oronte est donc prêt à recevoir des félicitations de la part d'Alceste, ce qui rend sa critique, différée une fois de plus, encore plus brutale. Alceste, après avoir parlé d'un gentilhomme hypothétique, auquel il aurait dit de ne pas chercher à écrire (répondant « je ne dis pas cela » à Oronte, qui se doute de la comparaison qu'Alceste cherche à faire), finit par directement critiquer le sonnet, provoquant l'indignation d'Oronte.

Cette scène parvient donc à opposer trois types de personnages très importants dans l'œuvre : l'ennuyeux Oronte, que l'on flatte par intérêt ; le courtisan Philinte, qui flatte par intérêt autant que par habitude ; et le misanthrope Alceste qui, s'il est unique dans sa volonté de ne flatter personne, tente toutefois de ménager Oronte plusieurs fois. Le spectateur peut alors voir les limites de l'hypocrisie d'Alceste, qui mentira par omission si on ne le pousse pas à donner son avis ; parallèlement, Molière établit la relation « normale » entre flatteur et flatté, par le biais de Philinte et Oronte.

La déclamation du sonnet d'Oronte est donc un moment particulièrement important dans l'œuvre, établissant les attitudes des trois types de personnages qui existent dans le *Misanthrope*, l'échange entre Oronte et Philinte montrant que chacun doit flatter et être flatté, et la réponse d'Alceste montrant à quel point sa franchise permanente le met à l'écart de la société.

– Couples et rivalités

Une grande partie de l'intrigue repose sur la relation entre les prétendant(e)s d'un(e) personnage, et la différence entre les différents couples qui se sont formés. Il faut étudier, d'une part, Célimène, ses prétendants et ses rivales ; Alceste, ses prétendantes et ses rivaux ; et les personnages qui sont à l'écart des cercles amoureux, comme Philinte.

Célimène entretient des relations avec plusieurs prétendants présents dans la pièce, et bien d'autres, si l'on en croit les lettres qu'elle écrit à Clitandre et Acaste. Elle le fait par intérêt, pour obtenir des faveurs et une certaine influence à la cour, mais est aussi jalouse de celles qui s'intéressent de trop près à Alceste, comme Arsinoé. C'est un équilibre fragile qui existe, chez le personnage de Célimène, entre l'hypocrisie nécessaire, et l'affection qu'elle semble véritablement avoir pour Alceste.

Alceste a une relation simple avec ses prétendantes, puisqu'il ne les flatte pas, réservant son attention exclusivement à Célimène, tout en restant conscient de l'attirance qu'ont pour lui Eliante et Arsinoé, rejetant leurs avances (qui restent subtiles) activement. Contrairement à Célimène, cependant, Alceste ne flatte jamais ses rivaux, leur faisant savoir son dédain pour eux de façon très directe. Ainsi, la seule hypocrisie que se permet Alceste est son amour pour Célimène, qui contredit totalement ses principes.

Enfin, le cas de Philinte est particulier, puisqu'il est, au début de la pièce, à l'écart des intrigues amoureuses des autres, mis à part son amour pour Eliante ; à ce titre, il est donc *techniquement* le rival d'Alceste, mais puisque celui-ci n'est pas intéressé par Eliante, qui elle-même n'est pas intéressée par Philinte. Ce n'est qu'à la fin de l'œuvre, quand Alceste décide de s'exiler, que Philinte décide enfin d'offrir son cœur à Eliante, sans arrière-pensée, dépassant autant la misanthropie d'Alceste que l'hypocrisie de Célimène.

La romance et les rivalités qui en découlent ont donc une importance majeure dans *le Misanthrope* pour le développement des personnages, notamment en ce qui concerne leurs relations, et le dénouement de l'intrigue.

Dans la même collection en numérique

Escadrille 80

Inconnu à cette adresse

La controverse de Valladolid

Les Vilains petits canards

Une partie de campagne

Cahier d'un retour au pays natal

Dora Bruder

L'Enfant et la rivière

Moderato Cantabile

Alice au pays des merveilles

Le faucon déniché

Une vie

Chronique des Indiens Guayaki

Je voudrais que quelqu'un m'attende quelque part

La nuit de Valognes

Œdipe

Disparition Programmée

Education européenne

L'auberge rouge

L'Illiade

Le voyage de Monsieur Perrichon

Lucrèce Borgia

Paul et Virginie

Ursule Mirouët

Discours sur les fondements de l'inégalité

L'adversaire

La petite Fadette

La prochaine fois

Le blé en herbe

Le Mystère de la Chambre Jaune

Les Hauts des Hurlevent

Les perses

Mondo et autres histoires

Vingt mille lieues sous les mers

99 francs

Arria Marcella

Chante Luna

Emile, ou de l'éducation

Histoires extraordinaires

L'homme invisible

La bibliothécaire

La cicatrice

La croix des pauvres

La fille du capitaine

Le Crime de l'Orient-Express

Le Faucon malté

Le hussard sur le toit

Le Livre dont vous êtes la victime

Les cinq écus de Bretagne

No pasarán, le jeu

Quand j'avais cinq ans je m'ai tué

Si tu veux être mon amie

Tristan et Iseult

Une bouteille dans la mer de Gaza

Cent ans de solitude

Contes à l'envers

Contes et nouvelles en vers

Dalva

Jean de Florette

L'homme qui voulait être heureux

L'île mystérieuse

La Dame aux camélias

La petite sirène

La planète des singes

La Religieuse

1984 A l'Ouest rien de nouveau

Aliocha

Andromaque

Au bonheur des dames

Bel ami

Bérénice

Caligula

Cannibale

Carmen

Chronique d'une mort annoncée

Contes des frères Grimm

Cyrano de Bergerac

Des souris et des hommes

Deux ans de vacances

Dom Juan

Electre

En attendant Godot

Enfance

Eugénie Grandet

Fahrenheit 451

Fin de partie

Frankenstein

Gargantua

Germinal

Hamlet

Horace

Huis Clos

Jacques le fataliste

Jane Eyre

Knock

L'homme qui rit

La Bête humaine

La Cantatrice Chauve

La chartreuse de Parme

La cousine Bette

La Curée

La Farce de Maitre Pathelin

La ferme des animaux

La guerre de Troie n'aura pas lieu

La leçon

La Machine Infernale

La métamorphose

La mort du roi Tsongor

La nuit des temps

La nuit du renard

La Parure

La peau de chagrin

La Petite Fille de Monsieur Linh

La Photo qui tue

La Plage d'Ostende

La princesse de Clèves

La promesse de l'aube

La Vénus d'Ille

La vie devant soi

L'alchimiste

L'Amant

L'Ami retrouvé

L'appel de la forêt

L'assassin habite au 21

L'assommoir

L'attentat

L'attrape-coeurs

Le Bal

Le Barbier de Séville

Le Bourgeois Gentilhomme

Le Capitaine Fracasse

Le chat noir

Le chien des Baskerville

Le Cid

Le Colonel Chabert

Le Comte de Monte-Cristo

Le dernier jour d'un condamné

Le diable au corps

Le Grand Meaulnes

Le Grand Troupeau

Le Horla

Le jeu de l'amour et du hasard

Le Joueur d'échecs

Le Lion

Le liseur

Le malade imaginaire

Le Mariage de Figaro

Le meilleur des mondes

Le Monde comme il va

Le Parfum

Le Passeur

Le Petit Prince

Le pianiste

Le Prince

Le Roman de la momie

Le Roman de Renart

Le Rouge et le Noir

Le Soleil des Scortas

Le Tartuffe

Le vieux qui lisait des romans d'amour

L'Ecole des Femmes

L'Ecume Des Jours

Les Bonnes

Les Caprices de Marianne

Les cerfs-volants de Kaboul

Les contes de la Bécasse

Les dix petits nègres

Les femmes savantes

Les fourberies de Scapin

Les Justes

Les Lettres Persanes

Les liaisons dangereuses

Les Métamorphoses

Les Mouches

Les Trois mousquetaires

L'étrange cas du Dr Jekyll et de Mr Hyde

L'Ile Au Trésor

L'île des esclaves

L'illusion comique

L'Ingénu

L'Odyssée

L'Ombre du vent

Lorenzaccio

Madame Bovary

Manon Lescaut

Micromégas

Mon ami Frédéric

Mon bel oranger

Nana

Ne tirez pas sur l'oiseau moqueur

Notre-Dame de Paris

Oliver twist

On ne badine pas avec l'amour

Oscar et la dame rose

Pantagruel

Le Misanthrope

Perceval ou le conte du Graal

Phèdre

Ravage

Roméo et Juliette

Ruy Blas

Sa Majesté des Mouches

Si c'est un homme

Stupeur et tremblements

Supplément au voyage de Bougainville

Tanguy

Thérèse Desqueyroux

Thérèse Raquin

Ubu Roi

Un Barrage contre le Pacifique

Un long dimanche de fiançailles

Un secret

Vendredi ou la vie sauvage

Vipère au poing

Voyage au bout de la nuit

Voyage au centre de la terre

Yvain ou le Chevalier au lion

Zadig

À propos de la collection

La série FichesdeLecture.com offre des contenus éducatifs aux étudiants et aux professeurs tels que : des résumés, des analyses littéraires, des questionnaires et des commentaires sur la littérature moderne et classique. Nos documents sont prévus comme des compléments à la lecture des oeuvres originales et aide les étudiants à comprendre la littérature.

Fondé en 2001, notre site FichesdeLectures.com s'est développé très rapidement et propose désormais plus de 2500 documents directement téléchargeables en ligne, devenant ainsi le premier site d'analyses littéraires en ligne de langue française.

FichesdeLecture est partenaire du Ministère de l'Education du Luxembourg depuis 2009.

Plus d'informations sur www.fichesdelecture.com

Notes :